Contes pour rire et frémir

© Lire c'est Partir
ISBN 2 35024 000 2

Philippe Barbeau

Contes pour rire et frémir

**Illustrations
Marie-Geneviève Thoisy**

Philippe Barbeau est né à Blois et vit toujours près de la Loire, sur les premières terres de Sologne. Il a été longtemps instituteur spécialisé, et est maintenant écrivain et conteur. Il rencontre ses lecteurs et ses auditeurs à travers toute la France et dans des écoles françaises à l'étranger.

Déjà publiés :

LIRE C'EST PARTIR
L'ami de l'ogre – Opération Cheval Virtuel – Bleu Narine.

FLAMMARION
Cornes d'aurochs et poils de yack – L'odeur de la mer – Accroche-toi Faustine – Un sprint pour Marie – L'année Rase-Bitume – Le vélo – Les larmes de Gros-Codile – Pas touche à mon copain ! – Gare au dragon !

RAGEOT-EDITEUR
Carton rouge ou mort subite – Le stylo magique – Un ami dans les étoiles – Le château de tous les dangers – L'éléphant volant – Une journée au Moyen-Age.

ATELIER DU POISSON SOLUBLE
Histoire à ruminer – Le type – Le catalogue des charrettazinzins.

MAGNARD
La menace de Vylchymyk – L'évasion de Yanor – Abélard Pétard – Un volant pour tuer – Peur à Jakarta

SYROS
La guerre d'Eliane – Le bonheur d'Eliane – Reviens, Maman !

NATHAN
Histoires de monstres familiers – Juin 40 peur sur la route

EDITIONS DU BASTBERG
L'apprenti faussaire – Ça déménage ! – Anniversaire d'enfer – La chasse au dadou

LE SEUIL-MAISON DES ECRIVAINS
J'aurais dû me méfier (dans *L'écrivain viendra le 17 mars*).

CLIO - ROYER
Le chêne de la truie qui file et six autres contes (*dans Contes et légendes de Sologne d'hier et d'aujourd'hui*)

CORPS-PUCE
Le rhume (dans *L'almanach de la Charte*)

SALON DU LIVRE D'ISLE
Le billet pour nulle part (collectif)

DARGAUD
Des cheveux blancs sur la soupe

MILAN
Le chat de l'ombre

SALON DU LIVRE DE BEAUGENCY
Les sept vies de Fred Lechat (collectif)

Sommaire

La fille
de la sorcière

Il était une fois une fille comme les autres qui s'appelait Sandy. Elle habitait une HLM immense et grise au milieu d'une cité moderne mille fois plus immense et tout aussi grise. Elle jouait avec ses copains et copines sur la plaine de jeu, possédait sa chambre qu'elle rangeait tant bien que mal. Plutôt mal que bien, d'ailleurs.

Sandy était vraiment une fille

comme les autres... à un détail près :

SA MÈRE ÉTAIT UNE FÉE.

Ce n'était pourtant pas une fée ordinaire puisque Sandy la trouvait mille fois plus belle que les autres fées : avec son regard tendre, ses joues très douces et sa voix suave.

La fée se montrait gentille avec tous mais savait l'être encore bien davantage avec Sandy...

Tout aurait été parfait si la mère n'avait pas eu une curieuse habitude : chaque soir, elle enfermait sa fille dans l'appartement, s'absentait toute la nuit et ne rentrait qu'au petit matin pour la délivrer et l'envoyer à l'école après lui avoir donné un baiser encore plus doux que celui de la veille.

A mesure que passaient les nuits, Sandy avait davantage peur, davantage froid, davantage faim.

Le temps était son ennemi.

Elle avait bien essayé de suivre sa mère à de nombreuses reprises. En vain. Un charme protégeait la porte d'entrée.

Alors Sandy avait tenté d'écouter la formule magique nécessaire à son ouverture. Peine perdue : quand elle parvenait à comprendre les paroles, elle les oubliait aussitôt.

La fée conservait ses secrets au fond d'un placard noir. Malheureusement, le placard restait inviolable lui aussi.

Un soir, la mère ordonna :
— Je t'interdis de sortir la nuit.

Sandy se le tint pour dit tout juste vingt-quatre heures. Le soir suivant, elle tentait à nouveau de percer le secret.

Il en fut ainsi sept soirs de suite.

Or, le septième soir, Sandy remarqua que la porte du placard bâillait. Elle découvrit l'intérieur, avec un seul et unique livre sans titre posé à même le sol.

Ce livre possédait des milliers de pages mais n'acceptait de s'ouvrir qu'à une seule. Après l'avoir lue, Sandy s'approcha de la porte d'entrée et articula :

Macabi, macabo,
Le monde sera bien plus beau
Derrière ce rideau
Peuplé de visages nouveaux.

Elle poussa le battant et, au lieu du palier habituel, elle découvrit la lisière d'une forêt. Un sentier pénétrait l'ombre touffue.

Sandy l'emprunta. Elle venait de faire dix pas lorsque, en travers du passage, un lézard implora :

– Donne-moi un baiser.

Sandy le contourna.

Après cent pas, une limace lui demanda la même chose puis, après mille pas, un crapaud arrêta sa progression.

– Donne-moi un baiser. Je t'en supplie...

Sandy en eut assez de ces bestioles, aussi, surmontant son dégoût, elle embrassa le crapaud qui explosa et céda la place à une vieille femme ressemblant beaucoup à sa mère en plus âgée.

– Bonjour Sandy, déclara la vieille. Je suis ta grand-mère.

– Elle est morte depuis belle lurette !

– Les fées ne meurent jamais. Elles quittent le monde des humains pour rejoindre le leur... Je croyais que tu n'accéderais jamais à ma demande. Le crapaud était ta dernière chance. Le monde des fées est impitoyable. Si tu as besoin de moi, prononce cette formule magique :

Par les souvenirs scintillants
Des rêves d'enfant,
Je crois en ma grand-mère
Et la choisis comme conseillère.

La vieille femme disparut aussitôt.

Sandy repartit et arriva peu après à une croisée de chemins. Elle hésitait quant à la direction à prendre lorsqu'on lui frappa sur l'épaule. Elle se retourna, découvrit un homme pauvrement vêtu, au visage serein, beau, très beau.

– Où vas-tu ?

– Je cherche ma mère.

– C'est une sorcière ?

– Non, une fée !

L'homme sortit un oiseau translucide de sa poche, lui rendit la liberté et cria :

— Suis-le et, surtout, ne te pose pas de questions.

Sandy courut mais l'oiseau volait vite. Repoussant ses limites au-delà du possible, elle finit par s'effondrer, épuisée.

Soudain, une musique discordante retentit. Sandy aperçut des éclats lumineux que lui renvoyait par instants la silhouette de l'oiseau translucide posé sur une branche basse.

Elle se releva, s'approcha. L'oiseau ne bougeait pas mais, comme elle allait le saisir, il s'évapora tel un parfum fragile.

Sandy regarda alors dans la clairière voisine où plusieurs couples d'adultes gesticulaient au rythme de la musique. Sandy reconnut sa mère sous les traits d'une sorcière... dans les bras de l'homme qui lui avait conseillé de suivre l'oiseau.

La femme semblait heureuse. Elle grimaçait d'un sourire édenté, riait même parfois en crachant des serpents. Ses cheveux ondulaient, brillaient de mille éclats qui, en s'échappant, brûlaient les feuilles des arbres alentour. L'homme souriait à sa cavalière. Sandy le trouva horriblement antipathique. Elle soupira :

— Pourquoi ai-je voulu connaître les occupations nocturnes de Maman ?

La terre s'ouvrit aussitôt sous ses pieds. Sandy hurla, glissa à toute allure le long d'une paroi visqueuse. Soudain, sa course se ralentit et la fillette se posa en douceur. Une odeur abominable l'assaillit.

Elle se trouvait maintenant au milieu d'une immense décharge.

Un carton remua devant elle. Elle y lut le mot DANGER, écrit en grosses lettres rouges dégoulinantes. Le carton gigota de plus belle. Sandy aperçut une énorme queue recouverte d'écailles grises.

Elle cria. Le carton explosa. Un gigantesque rat apparut.

Sandy voulut s'enfuir mais sentit ses pieds rivés au sol. Le rat la fixait de ses yeux rouges.

– Ah ! Ah ! Ah ! ricana-t-il. Les enfants sont incorrigibles...

Sandy reconnut la voix de l'homme.

Elle souffla la formule magique.

Sa grand-mère apparut et, de sa baguette, frappa le rat qui se figea.

– Ceci est ta première épreuve. Tu

ne pourras vraiment réussir que si tu sais maîtriser ta peur.

Et la grand-mère disparut.

Le rat reprit vigueur. Sandy recula de trois pas. Le rat avança d'autant.

Alors elle s'enfuit aussi vite qu'elle put. Ses pieds glissaient. Elle maintenait son équilibre avec difficulté. Le rat se rapprochait. Elle sentait son souffle aigre dans sa nuque. Soudain, elle s'écrasa à plat ventre dans une flaque de boue.

Le rat allait la dévorer mais, au lieu d'attendre le premier coup de dents sans bouger, Sandy se retourna pour le voir.

– Hin ! Hin ! Hin ! grinça le rat. Voilà le destin de celles qui se mêlent de ce qui ne les regarde pas.

Dans un sursaut, Sandy se redressa sur les coudes et dit :

– Tu ne me fais pas peur !

Le regard du rat changea aussitôt. Un éclair, comme un doute, le traversa. Sandy cria :

– Tu ne me fais pas peur !

Le regard du rat marqua une douleur évidente.

Sandy vociféra :

– Tu ne me fais pas peur !

Et le rat s'effondra, raide mort.

Alors Sandy s'endormit en soufflant la formule magique. A son réveil, elle se trouvait dans un hall d'immeuble, sa grand-mère devant elle.

– Je veux rentrer à la maison.

– Patience, petite. Il faut aller jusqu'au bout de ton destin. Réussis d'abord la seconde épreuve chez le nain Brisetou, au treizième étage.

La grand-mère marqua un silence avant de poursuivre :

— Dorénavant, inutile de m'appeler, je ne viendrai plus ainsi. Tu devras te débrouiller seule... à moins de ne pas trop refuser de reconnaître tes erreurs.

Sandy se rendit donc chez le nain Brisetou. Le nain désigna une caisse remplie de cartes à jouer.

— Construis un château haut comme le plafond.

Sandy se rua sur les cartes.

Une heure plus tard, elle avait bâti trois rangs lorsque, suite à un faux mouvement, elle rompit l'équilibre.

— Pas de chance ! ricana le nain.

Deux heures plus tard, le château de cartes atteignait la hauteur de la table lorsque le nain remarqua :

— Il serait vraiment dommage que tout s'écroule maintenant.

A peine venait-il d'articuler le dernier mot que l'édifice s'affaissait.

– Vraiment pas de chance !

Trois heures plus tard, il ne restait plus que trois rangs à monter lorsque le nain ouvrit la fenêtre. Un courant d'air déséquilibra le château de cartes.

– Alors là, vraiment pas de chance !

Sandy faillit se mettre en colère mais reprit son travail. Sept heures plus tard, perchée sur un escabeau, elle n'avait plus que trois cartes à poser pour atteindre le plafond.

– Si on soufflait un peu ? proposa le nain.

Sandy plaça l'avant-avant-dernière carte.

– Tu n'as pas envie de jouer au ballon ? demanda le nain.

Sandy posa l'avant-dernière carte.

– Sandy ! glapit le nain.

Elle ne broncha pas. Le nain saisit un montant de l'escabeau, le secoua mais Sandy garda la main ferme. Elle parvint à poser la dernière carte. Une gerbe d'étincelles jaillit.

Sandy se retrouva dans un désert infini. Le soleil cuisait tout alentour. Elle partit au hasard.

A la fin de la première heure, alors qu'elle marchait d'un bon pas malgré un soupçon de soif, une voix retentit.

– Tu ferais mieux de changer de direction...

Sandy s'arrêta, regarda autour d'elle et ne vit rien. Elle bougonna :

– Changer de direction ? Certainement pas ! Je sais très bien où je vais et je n'ai besoin de personne pour m'en sortir...

A la fin de la deuxième heure, alors qu'elle marchait d'un pas moins ferme, avec un début de soif assez pénible, la voix retentit à nouveau mais Sandy ne l'écouta pas davantage. A la fin de la troisième heure, alors qu'elle marchait d'un pas mal assuré, assaillie par une soif insoutenable, la voix retentit encore :

— Tu ferais mieux de changer de direction...

Sandy s'arrêta et dit enfin :

— Je me trompe peut-être... mais qui pourrait m'aider ici ?

— Moi ! répondit aussitôt la voix depuis le ciel.

Sandy leva les yeux. Le soleil où se dessinait le visage de sa grand-mère indiqua :

– Tourne à droite.

Sandy s'exécuta et buta contre des espadrilles.

– Enfile ces espadrilles de sept cents kilomètres.

Dès le premier pas, Sandy fit un énorme bond et atterrit à côté d'une source où elle se désaltéra. Le second pas la mena aux limites du désert et le troisième la propulsa dans la clairière, au fond de la forêt profonde.

La musique retentissait toujours mais, cette fois, Sandy la trouva belle.

Des couples dansaient.

Sandy cherchait sa mère lorsqu'un prince s'avança.

– Voulez-vous danser ?

– Je ne sais pas.

Le prince l'entraîna pourtant dans un tourbillon fantastique et Sandy éprouva une joie intense.

Soudain, elle croisa le regard de sa mère redevenue fée qui dansait toujours avec le même cavalier maintenant richement vêtu. Celui-ci lui parut à nouveau sympathique.

Au petit matin, Sandy regagna sa chambre, heureuse.

Elle ne la quitta pas les soirs suivants. Pourtant, sa mère n'avait pas changé ses habitudes et continuait de la laisser seule. Sandy n'en souffrait plus. Elle savait que, dorénavant, elle pourrait la rejoindre quand elle le désirerait.

Le temps était son ami.

Le géant
de compagnie

Il était une fois un garçon, prénommé Florent, à qui sa grand-mère avait offert un géant comme d'autres offrent un chien ou un chat.

Florent adora ce géant ni très beau, ni très fort, ni très bavard, et en retira une certaine fierté. Il était en effet le seul à en posséder un et tous ses copains l'enviaient.

Hélas, peu à peu, chaque grand-mère de la cité offrit un géant à ses petits-enfants et bientôt plus personne n'envia Florent. Pire, ses copains lui rabâchèrent bientôt :

– Ton géant, il est moche, faible et ne dit rien.

Au début, Florent ne prit pas ces remarques au sérieux mais, lentement, l'idée s'incrusta en lui. Il trouva alors son géant de plus en plus laid, de plus en plus faible, de plus en plus muet. Il finit par ne plus l'aimer.

Florent cherchait comment s'en débarrasser quand, un jour, il passa devant un étal du marché, en bas de son immeuble.

Une marchande criait :

– Ils sont beaux mes géants ! Ils sont beaux et ne valent pas cher !

Florent lui adressa la parole :

– Mon géant est trop laid. Puis-je l'échanger contre un des vôtres ?

La marchande ferma les yeux et articula :

Géant de pierre,
Géant de fer,
Change de visage,
Bracali-bracalage.

Puis, se tournant vers Florent, elle poursuivit :

– File dans ta chambre où ton nouveau géant t'attend.

Florent courut chez lui et découvrit l'objet de son désir : un splendide géant, avec des yeux plus brillants que des pierres précieuses, des dents plus blanches qu'un champ de neige, des cheveux plus soyeux qu'une étoffe rare.

Il lui donna la main et partit se promener en sa compagnie. Dans la rue, il rencontra un premier copain.

– Eh, lui dit-il. Tu as vu mon géant ? Il est beau, n'est-ce pas ?

31

L'autre, béat d'admiration devant le géant, passa son chemin sans répondre.

Florent rencontra ainsi sept copains qui, aussi béats d'admiration les uns que les autres devant le géant, passèrent tous leur chemin.

Alors il réalisa l'horrible vérité : son géant était si beau que ses copains ne le voyaient plus.

Il se mit à détester ce géant et retourna sur le marché où la marchande criait :

– Ils sont forts mes géants ! Ils sont forts et ne valent pas cher !

Quelques minutes plus tard, Florent se promenait en compagnie de son géant aux biceps saillants, aux abdominaux ciselés, aux cuisses dures. Dans la rue, il rencontra un premier copain.

– Eh ! lui dit-il. Tu as vu mon géant ? Il est fort, n'est-ce pas ?

L'autre, effrayé par la musculature du géant, s'enfuit plus vite que le vent.

Florent rencontra ainsi sept copains qui, aussi effrayés les uns que les autres par la musculature du géant, s'enfuirent tous plus vite que le vent sans répondre.

Alors il réalisa l'horrible vérité : son géant était si fort que ses copains ne pensaient plus qu'à fuir lorsqu'il arrivait.

Il se mit à détester ce géant et retourna sur le marché où la marchande criait :

– Ils sont bavards mes géants ! Ils sont bavards et ne valent pas cher !

Quelques minutes plus tard, Florent se promenait en compagnie de son géant qui parlait sans cesse de tout et de rien avec des mots vifs comme l'éclat d'un diamant, des phrases plus ouvragées qu'une broderie, des intonations aussi justes que le chant du rossignol.

Dans la rue, il rencontra un premier copain.

– Eh lui dit-il. Tu as vu mon géant ? Il parle bien, n'est-ce pas ?

L'autre, abasourdi par le discours du géant, s'éloigna sans avoir entendu la question.

Florent rencontra ainsi sept copains qui, aussi abasourdis les uns que les autres par le discours du géant, s'éloignèrent tous sans avoir entendu la question.

Alors il réalisa l'horrible vérité : son géant était si bavard que ses copains ne l'entendaient plus.

Il se mit à détester ce géant, retourna sur le marché où la marchande criait :

– Ils sont comme avant mes géants ! Ils sont comme avant et valent bien plus qu'on le croit.

Quelques minutes plus tard, Florent se promenait en compagnie du géant d'autrefois, ni trop beau, ni trop fort, ni trop bavard.

Dans la rue, il rencontra ses sept copains en même temps.

– Eh ! leur dit-il. Vous avez vu mon géant ? Il est comme avant, n'est-ce pas ?

Les autres répondirent en chœur :

– Ton géant, il est moche, faible et ne dit rien !

Florent savoura ces paroles.

– Peut-être, remarqua-t-il. Mais je l'aime vraiment et vous me voyez à nouveau.

La mission de l'incapable

Il était une fois un garçon qui s'appelait Benoît.

Benoît habitait une cité HLM. Il était si maladroit qu'il se croyait incapable de réussir quoi que ce soit.

Il ne pouvait pas cuire un œuf sans répandre blanc et jaune à côté du plat. S'il devait acheter quelque chose, il se trompait de magasin et ne ramenait jamais ce qu'on lui demandait. Il se pensait si mauvais élève qu'il ne voulait plus faire les exercices que donnait le maître.

Benoît était d'autant plus malheureux que son père le disait vraiment incapable, se mettait souvent en colère après lui et, pire encore, ne lui souriait plus.

Ce matin-là, Benoît errait au pied de la tour Rêvebéton, un immense bâtiment abandonné aux entrées condamnées. Alors qu'il jetait un œil à la descente des caves, il aperçut une porte entrebâillée et décida d'aller voir derrière.

A peine avait-il franchi le seuil que le battant se referma. Benoît voulut rouvrir. En vain. Alors, il chercha une autre issue et arpenta les couloirs.

Seule une très faible lumière filtrant par les soupiraux parvenait à éclairer les lieux. Soudain, Benoît perçut de petits cris. Il se pencha et découvrit une souris prisonnière d'un piège. Benoît la délivra puis repartit.

Il n'avait pas fait dix pas qu'une voix l'appelait :

– Benoît ! Benoît ! Benoît !

Il découvrit la souris à ses pieds. Elle parlait :

– Tu vas porter un cadeau au roi de Tristessire. C'est une mission de confiance.

– Une mission de confiance ! A moi ! Tu n'as pas peur. En plus, je ne connais pas ce roi.

– Aucune importance. Suis-moi.

Comme ils arrivaient devant une porte métallique, elle lui montra un bâton et un sac.

– Ce bâton est magique. Pour bénéficier de ses pouvoirs, il te suffit d'imaginer et de toucher une pierre avec. La chose rêvée apparaît aussitôt. Attention, ce bâton ne peut servir

39

qu'une fois. Le cadeau destiné au roi de Tristessire se trouve dans le sac.

La porte s'ouvrit alors et ils découvrirent un tout autre décor : une montagne aride couronnée de nuages noirs où le tonnerre grondait.

– Le roi de Tristessire habite là-haut, expliqua la souris.

Et elle s'évapora.

Benoît se mit en marche.

A peine avait-il franchi cent mètres que le sol trembla. Un rocher voisin se souleva. La terre se fissura en étoile.

Benoît regarda l'étrange spectacle. En vérité, le rocher était le dessus d'une tête. Deux yeux apparurent. Un regard de braise fixa Benoît. Un museau émergea, avec des mâchoires hérissées de dents grandes comme des poignards. Un long museau boursouflé terminé par deux énormes narines fumantes. Le monstre eut un hoquet, cracha une flamme.

– Un dragon, gémit Benoît.

La bête continua de s'extraire. Benoît ne pensait même pas à partir.

Apparu dans son entier, le dragon cracha une seconde flamme. Un peu courte, elle lécha le bout des pieds de Benoît qui bondit de côté, évita les premières flammes vraiment dangereuses et hurla :

– Pin ! Pon !

Le dragon, indisposé par la formule magique, cracha déjà moins de flammes et les accompagna de rugissements douloureux. Benoît insista :

– Pin ! Pon !

Le malaise du dragon s'accentua. Alors, Benoît glapit de plus belle :

– Pin ! Pon !

Et plus il glapissait, plus le dragon se flétrissait, se rabougrissait, se ratatinait.

Enfin, l'animal disparut.

Benoît repartit, se demandant quel monstre allait maintenant surgir.

Comme il imaginait une immonde bête à verrues, il fit un faux pas... et son bâton heurta un rocher.

– Tu m'as appelée, Père ? demanda la bête à verrues, haute comme un immeuble de sept étages.

Benoît la regarda, épouvanté, incapable d'articuler le moindre son. Elle répéta sa question à trois reprises.

– Pourquoi m'appelles-tu « Père » ? gémit enfin Benoît.

– Tu viens de me donner la vie. Indique-moi quelque chose à faire ou je te croque illico.

Alors Benoît débita :

– Tu seras mon garde du corps.

Et il reprit la route, le monstre sur les talons.

Ils eurent tôt fait de pénétrer les nuages.

La brume noire les enveloppa et des éclairs sifflèrent à leurs oreilles.

La bête à verrues reçut cent fois la foudre mais elle rit comme si on l'avait chatouillée.

Soudain, au sommet de la montagne, les nuages disparurent. Eclairs et coups de tonnerre cessèrent.

Une gigantesque muraille illuminée de soleil se dressa devant Benoît et sa compagne.

Une rumeur caquetait de l'autre côté des fortifications.

Ils longèrent la muraille, découvrirent une immense porte renforcée de clous à tête de chimère.

Un individu cuirassé de bronze montait la garde.

– On ne passe pas !

– Je viens offrir un cadeau au roi de Tristessire.

L'homme de bronze ricana et une araignée velue s'échappa de sa bouche.

Sans prononcer un mot, la bête à verrues écarta Benoît, s'approcha du garde et le frappa de toutes ses forces.

Le garde se brisa comme un vase de porcelaine, les clous-chimères s'envolèrent, la porte tomba en poussière et la rumeur s'amplifia.

Benoît passa les fortifications derrière la bête à verrues. Des maisons montées sur de puissantes pattes caquetaient et changeaient sans cesse de place.

Sitôt apparue, chaque nouvelle rue était comblée.

La bête à verrues ordonna :

– Suis-moi !

Elle s'élança vers une maison qui venait de boucher un passage. Benoît distingua un regard derrière les vitres du troisième étage. Un regard effrayé. Il n'eut pas le temps d'en voir davantage. La bête à verrues avait déjà réduit la bâtisse en un tas de décombres.

Ils progressèrent alors. La bête à verrues détruisait les maisons comme elle aurait abattu de vulgaires châteaux de cartes.

Benoît la suivait tant bien que mal sur les ruines instables.

Un chemin important avait déjà été parcouru lorsque, soudain, deux énormes bâtisses se présentèrent. Les im-meubles géants, étroitement unis, se campèrent devant la bête à verrues qui s'en approcha lentement.

Avec des gestes calmes mais précis, elle glissa d'abord ses griffes entre les murs, puis ses doigts, qui précédèrent ses mains et, enfin, ses bras.

Elle resta ainsi quelques instants, immobile. Les deux géants de pierre demeuraient inertes, lourds.

Alors, dans un hurlement terrifiant, la bête à verrues écarta les bâtisses.

– Passe ! rugit-elle, le souffle court.

Benoît se glissa entre ses pattes et courut comme un fou. Pendant longtemps. Enfin, il déboucha dans un espace libre.

Un homme se trouvait là, assis sur un trône d'or. Tête nue, il portait une armure étincelante. Le roi de Tristessire jeta un regard dédaigneux au nouvel arrivant.

– Je vous apporte un cadeau,

47

déclara Benoît d'une voix très assurée qui le surprit lui-même.

– Un cadeau ! Ha ! Ha ! Ha !

Le roi de Tristessire ricana méchamment, s'empara du sac et l'ouvrit. Son rire s'arrêta net.

Un rayon d'une douceur infinie s'échappa du sac, métamorphosa le roi de Tristessire.

L'armure métallique se désagrégea, laissant place à un magnifique costume de soie pourpre brodée d'or.

Le roi sortit un objet.

– Un sourire d'amitié ! souffla-t-il d'une voix méconnaissable, tendre.

Il montra l'objet à Benoît : une bouche aux dents de diamant, aux lèvres de rubis.

Le bijou souriait, répandait une lueur subtile.

Benoît s'attendrissait déjà lorsqu'un grognement le fit se retourner. Les immeubles géants avaient disparu. A leur place se dressaient deux cèdres bleus. La bête à verrues s'approcha.

– Que veux-tu ? demanda Benoît.

– Etre remerciée.

– Merci !

– J'exige un baiser !

Benoît fixa la bête à verrues et ses joues couvertes de boutons suintants. Elle se pencha. Son hideuse tête avança vers l'enfant qui tendit ses lèvres… Benoît déposa un baiser sur la peau visqueuse.

Un éclair jaillit… Une princesse apparut.

– Merci Benoît. Nous voici tous deux délivrés !

Benoît aurait voulu lui parler mais décor et princesse s'estompèrent.

On l'appela.

Il aperçut son père.

– Viens, Benoît. J'ai une importante mission à te confier.

Et son père, sourire aux lèvres, le prit par les épaules. Benoît sut qu'il réussirait.

Les trois diamants

Il était une fois une femme qui vivait seule avec ses trois filles : Dorothée, l'aînée, Damiette, la cadette et Delphine, la benjamine.

Elles habitaient une HLM dans une immense cité moderne aux appartements mal insonorisés, aux couloirs sombres, aux murs couverts de graffiti, aux pelouses constellées de détritus et de crottes de chien.

Rien d'agréable, quoi ! Mais la mère faisait tant et si bien que la vie y demeurait supportable.

Il en fut ainsi pendant des années, jusqu'à ce que, sous peine de se retrouver au chômage, la mère soit contrainte de travailler encore davantage.

Alors tout se dérégla. La mère plia sous le labeur. Maintenant souvent absente de la maison, toujours de mauvaise humeur, elle ignorait de plus en plus ses filles.

Dorothée et Damiette se mirent à détester Delphine sans savoir pourquoi. Elles finirent même par la chasser de leur chambre, elle qui la partageait depuis sa naissance, et l'obligèrent à coucher dans le débarras.

La mère, plus débordée que jamais, ne s'en rendit même pas compte.

Chaque nuit, Delphine pleurait au fond de son placard.

Elle pleura tant qu'un soir il ne lui resta plus que trois larmes à verser.

La première roula sur sa joue, tomba dans la paume de sa main droite. Un halo de lumière éclaira le placard. La seconde coula à son tour.

Une silhouette féminine se dessina dans la lumière. Une femme d'une fantastique beauté se campa devant Delphine comme la troisième larme rejoignait les deux autres.

La femme sourit.

– Utilise au mieux tes dernières larmes pour changer le cours de la vie.

Et elle disparut.

Delphine regarda le creux de sa main droite, y découvrit trois diamants.

Le lendemain matin, elle en cacha deux dans le placard et partit trouver ses sœurs avec le troisième.

– Que viens-tu faire ici ? demanda Dorothée, mal aimable.

– On n'a pas besoin de toi, poursuivit Damiette.

Delphine montra son diamant. Dorothée le lui arracha des mains.

– Un diamant ! Heureusement que tu me l'as donné, tu n'aurais pas su quoi en faire.

Et elle gagna la rue.

Le diamant au creux de sa paume, elle passa devant une première boutique de joaillier à la devanture un peu poussiéreuse où très peu de bijoux se trouvaient exposés. Elle entra.

– Bonjour Monsieur ! J'ai un diamant à vendre.

– Montre.

L'homme au regard à peine triste,

au dos à peine courbé, aux doigts à peine crochus, observa la pierre précieuse.

– C'est un diamant de mauvaise qualité. Je ne pourrai t'en offrir qu'une très, très faible somme.

Dorothée reprit le brillant pour rejoindre une deuxième boutique de joaillier à la devanture poussiéreuse où peu de bijoux se trouvaient exposés.

L'homme au regard triste, au dos courbé, aux doigts crochus, ne lui en offrit pas davantage que son prédécesseur.

Dorothée reprit donc le brillant pour gagner une troisième boutique de joaillier à la devanture très poussiéreuse où quantité de bagues ornées d'un unique diamant étaient exposées.

L'homme au regard très triste, au dos très courbé, aux doigts très crochus, ne lui en offrit pas davantage que ses prédécesseurs.

Comme Dorothée allait reprendre le diamant, elle remarqua :

– Que vous avez le regard triste !

– C'est pour mieux te voir.

– Que vous avez le dos courbé !

– C'est pour mieux me pencher vers toi.

– Que vous avez les doigts crochus !

– C'est pour mieux t'attraper.

Et le joaillier la saisit, prononça une formule magique :

Par la volonté du roi à la vue perdue,
Trésor de la vie,
Une fillette, tu ne seras plus,
Pour devenir un joyau hors de prix.

Dorothée rapetissa, jaunit et s'arrondit, devint une bague sur laquelle l'homme sertit le diamant avant de l'exposer dans sa vitrine.

La mère ne constata l'absence de son aînée que le lendemain mais n'en arrêta pas pour autant de travailler.

Delphine partit alors trouver sa sœur cadette avec le second diamant.

– Que viens-tu faire ici ? demanda Damiette, plus que mal aimable. Je n'ai pas besoin de toi.

Delphine montra le brillant sans se troubler et Damiette le lui arracha des mains avant de partir chez les joailliers. Comme elle allait reprendre le brillant chez le troisième, elle remarqua son regard très triste, son dos très courbé, ses doigts très crochus.

L'homme la saisit et prononça une deuxième formule magique :

Par la volonté du roi à l'odorat perdu,
Trésor de la vie,
Une fillette, tu ne seras plus,
Pour devenir un joyau hors de prix.

Transformée en bague, Damiette rejoignit Dorothée dans la vitrine.

La mère ne constata l'absence de sa cadette que trois jours plus tard mais n'en arrêta pas pour autant de travailler.

Delphine prit alors le dernier diamant et gagna la rue.

Elle passa d'abord chez les deux premiers joailliers où elle reçut le même accueil que ses aînées puis elle se rendit chez le troisième.

Là, comme elle allait reprendre le brillant, elle remarqua aussi son regard très triste, son dos très courbé, ses doigts très crochus.

L'homme la saisit et prononça encore une formule magique :

Par la volonté du roi à l'audition perdue,
Trésor de la vie,
Une fillette, tu ne seras plus,
Pour devenir un joyau hors de prix.

A son tour, Delphine rapetissa, jaunit et s'arrondit, devint une bague sur laquelle le joaillier sertit le diamant avant de l'exposer dans sa vitrine.

La mère ne constata son absence que sept jours plus tard et elle abandonna aussitôt son travail pour entamer des recherches.

Elle erra longtemps dans la ville sans d'abord rien remarquer. Pourtant, lorsqu'elle passa une première fois devant la joaillerie la plus poussiéreuse, le premier solitaire brilla d'un éclat particulier. Lorsqu'elle repassa au même endroit, ce fut au tour du deuxième solitaire de lancer un appel lumineux qu'elle ne perçut pas davantage.

Enfin, lors de son troisième passage, un véritable éclair jaillit du dernier solitaire pour frapper son regard.

Elle entra dans la boutique.

– Vous désirez ? demanda le joaillier.

– N'auriez-vous pas vu passer trois fillettes ? La première serait venue voici onze jours.

– Je n'ai vu personne.

Un éclair jaillit du premier solitaire en direction du joaillier, un éclair très faible qui ne le gêna pas.

La mère poursuivit :

– La deuxième serait venue voici dix jours.

– Je n'ai vu personne.

Un éclair jaillit du deuxième solitaire vers le joaillier, un éclair faible qui le gêna à peine.

La mère poursuivit :

– La troisième serait venue voici sept jours.

– Je n'ai vu personne.

Un rayon jaillit de la troisième

bague, se planta dans le regard du joaillier. L'homme ferma les paupières, se cacha derrière son comptoir. Même là, le rayon l'atteignait, le torturait. Il avoua :

— J'ai rencontré Dorothée voici onze jours !

L'intensité du rayon décupla.

— J'ai rencontré Damiette voici dix jours !

L'intensité du rayon centupla.

— J'ai rencontré Delphine voici sept jours !

La mère sauta au cou du joaillier et, sur le point de l'étrangler, elle hurla :

— Où sont mes filles ?

Le joaillier gémit :

— Je les ai transformées en bagues montées d'un solitaire. Elles ornent cette vitrine.

La mère resserra son étreinte.

– Redonne-leur forme humaine immédiatement !

Le joaillier gargouilla :

– Seul, je ne peux pas.

La mère accentua encore son étreinte. Le joaillier, au bord de l'asphyxie, parvint à souffler :

– Je vis pour les trésors accumulés. Le monde est si laid. Ils me permettent de le supporter. Pars à la recherche des trois sages …

Et il s'évanouit. La mère l'abandonna donc derrière son comptoir, glissa les trois bagues à l'index de sa main droite et partit à travers la ville.

Le hasard l'amena devant la boutique du premier joaillier.

Un éclair jaillit du premier solitaire pour toucher un clochard assis à proximité. L'homme portait un bandeau sur les yeux.

La mère s'en approcha.

– Pourquoi as-tu les yeux bandés ?

– Je lis dans les rêves des autres et suis heureux comme ça. Mes yeux ne me servent plus à rien.

– Accepterais-tu d'aider un homme à redécouvrir le monde ?

Le clochard se leva et emboîta le pas à la mère.

Comme ils arrivaient devant la boutique du deuxième joaillier, un éclair jaillit du deuxième solitaire pour toucher un deuxième clochard assis à proximité.

L'homme portait un bandeau sur le nez.

La mère s'en approcha.

– Pourquoi as-tu le nez bouché ?

– Je sens le bonheur des autres et suis heureux comme ça. Mon nez ne me sert plus à rien.

– Accepterais-tu d'aider un homme à redécouvrir le monde ?

Le clochard se leva et emboîta le pas à la mère et au premier mendiant.

Comme ils arrivaient devant la boutique du dernier joaillier, un éclair jaillit du troisième solitaire pour toucher un troisième clochard assis à proximité.

L'homme portait un bandeau sur les oreilles.

La mère s'en approcha :

– Pourquoi as-tu les oreilles cachées ?

– J'entends battre le cœur des autres et suis heureux comme ça, expliqua l'homme après avoir soulevé une partie de son bandeau. Mes oreilles ne me servent plus à rien.

– Accepterais-tu d'aider un homme à redécouvrir le monde ?

Le clochard se leva et emboîta le

pas à la mère et aux deux premiers mendiants.

Ils entrèrent dans la boutique où le troisième joaillier était toujours évanoui. La mère retira la première bague et la tendit au premier clochard qui la posa sur les yeux clos du joaillier.

– Par la vertu de ce joyau, tu verras le monde un peu comme moi. Les rêves des autres t'aideront à le redécouvrir.

Les paupières du joaillier frémirent. Son dos et ses doigts se redressèrent un peu.

La mère tendit la deuxième bague au deuxième clochard qui la posa sur le nez du joaillier.

– Par la vertu de ce joyau, tu sentiras le monde un peu comme moi. Le bonheur des autres t'aidera à le redécouvrir.

Les paupières du joaillier bougè-

rent. Son dos et ses doigts se redressèrent davantage.

La mère tendit la troisième bague
au dernier clochard, qui la posa sur
l'oreille droite du joaillier.

– Par la vertu de ce joyau, tu en-
tendras le monde un peu comme moi.
Le cœur des autres t'aidera à le redécouvrir.

Alors, les paupières du joaillier
s'ouvrirent. Il se releva, dos et doigts
parfaitement droits. Souriant, il prononça une formule magique :

Par la volonté du roi
aux sensations revenues
Joyaux sans vie,
Des bagues, vous ne serez plus,
Pour redevenir des enfants sans prix.

Toutes les bagues en vitrine roulèrent sur le sol, s'enflèrent, s'allongè-
rent et une foule d'enfants encombra

la boutique avant de s'égailler dans la rue en compagnie des trois clochards maintenant vêtus comme des rois.

Seules Dorothée, Damiette et Delphine restèrent.

Le joaillier fabriqua alors des bijoux normaux et, maintenant à la tête d'un honnête commerce, il embaucha la mère comme vendeuse. Il se montra bon patron et la fit travailler juste ce qu'il fallait.

Depuis, soirs, week-ends et vacances, la mère retrouve son appartement où, en compagnie de ses trois filles réconciliées, elle savoure son bonheur.

Deux sœurs

Il était une fois deux sœurs : Flavie et Lucie.

Un jour, Flavie aperçut une vieille dame qui tentait de traverser la rue. A son âge, vu le nombre de voitures, ce n'était pas chose facile.

Flavie s'approcha.

– Je peux vous aider ?

– Avec joie. Cette rue est si encombrée…

Flavie donna le bras à la vieille dame et l'aida à rejoindre le trottoir opposé. Arrivée à bon port, la vieille dame annonça :

– J'aime les gens qui me font traverser la rue. Pour te remercier, je t'offre trois vœux.

Puis elle disparut dans un nuage d'étoiles multicolores.

– Voyons, se dit Flavie. J'aimerais… un caramel.

Le bonbon apparut dans sa main droite. Elle prit son temps pour le déguster.

Le caramel terminé, elle se dit :

– Encore deux vœux. J'aimerais… une dînette de quatre couverts.

Flavie l'eut aussitôt.

Elle joua tout l'après-midi.

Cependant, lorsqu'il s'agit de rejoindre l'appartement familial, au treizième étage, elle se trouva embarrassée. Pas de poches à son vêtement et impossible de placer toutes les pièces dans ses bras. Alors, elle articula :

– Que ma dînette trouve place dans un beau coffret de bois brut !

Elle put enfin rentrer chez elle.

Lucie vint à sa rencontre et aperçut le coffret de bois brut.

– Qu'est-ce que c'est ?

– Ma dînette.

– Pfff ! Je la trouve moche et beaucoup trop petite.

– Peut-être mais elle me plaît.

– Où l'as-tu volée ?

– Je ne l'ai pas volée. Une fée m'a offert trois vœux…

Et Flavie raconta son aventure.

Lucie en retint très bien les détails et voulut profiter des mêmes largesses.

Elle sortit, aperçut la vieille sur le point d'atteindre le trottoir où elle désirait aller. Lucie la rejoignit, lui fit faire demi-tour et la ramena à son point de départ.

– Mais, protesta la vieille en montrant le trottoir opposé, je voulais aller là-bas.

Lucie exigea :

– Je t'ai fait traverser la rue. Tu dois me récompenser.

– Soit ! grinça la vieille. Tu pourras prononcer trois vœux…

Et elle disparut dans un nuage d'étoiles pâles.

Pour son premier vœu, Lucie demanda deux caramels qu'elle ingurgita sans les déguster puis elle passa au deuxième vœu :

– Je désire une dînette de douze couverts.

Elle l'eut aussitôt. Alors elle articula :

– Que ma dînette trouve place dans un très beau coffret de bois peint !

Quelques minutes plus tard, elle disait à Flavie :

— Tu as vu mes jouets. Ils sont beaucoup mieux que les tiens !

Le lendemain, Flavie s'amusait sur le parking, en bas de son immeuble, lorsqu'elle aperçut une vieille dame chargée d'un sac de provisions paraissant horriblement lourd.

La vieille dame tentait de franchir le parking mais pliait sous le poids. Flavie s'approcha, lui proposa de porter le sac.

La vieille dame accepta et, une fois rendue où elle désirait aller, lui offrit trois vœux.

Ainsi, Flavie obtint une sucette qu'elle savoura, une poupée qui marche et une poussette pour promener celle-ci lorsqu'elle serait fatiguée.

De retour à l'appartement, Lucie vint à sa rencontre et exigea des explications.

Ayant retenu les détails essentiels, Lucie partit pour le parking où elle aperçut la vieille, toujours aussi chargée, qui finissait à grand peine de traverser.

Elle la rejoignit, lui arracha son sac des mains et le porta à l'autre bout du parking, l'obligeant ainsi à revenir sur ses pas.

— Mais, protesta la vieille en montrant l'extrémité opposée, je voulais aller là-bas.

Lucie exigea :

— Je t'ai porté ton sac. Tu dois me récompenser.

— Soit ! grinça la vieille. Tu pourras prononcer trois vœux…

Et elle disparut dans un nuage d'étoiles ternes.

Lucie demanda deux sucettes, une poupée qui marche et parle et un landau pour celle-ci.

Quelques minutes plus tard, elle disait à Flavie :

— Tu as vu mes jouets. Je les trouve beaucoup mieux que les tiens !

Le lendemain, l'ascenseur en panne, Flavie descendait par l'escalier lorsqu'elle aperçut une vieille dame, quelques marches au-dessus du rez-de-chaussée, peinant comme une damnée. Flavie l'aida à monter jusque chez elle.

Arrivée à bon port, la vieille dame annonça :

— J'aime ceux qui m'aident à monter l'escalier. Pour te récompenser, je t'offre trois vœux…

Flavie obtint une glace à une boule et un vélo-cross, savoura la première, fit sept tours avec le second.

Arrivée au pied de son immeuble, elle se trouva bien embarrassée.

Laisser son vélo-cross dans la cave, c'était risquer le vol. Le monter à l'appartement avec l'ascenseur en panne relevait du tour de force.

Alors, elle articula :

– Que mon vélo devienne minuscule dès que je monte trois marches au pied de mon immeuble et qu'il reprenne sa taille normale dès que je les redescends !

Flavie franchit les trois premières marches, son vélo se réduisit. Elle les redescendit, il reprit sa taille normale.

Très satisfaite, elle gagna l'appartement. Là, elle retrouva Lucie qui exigea de nouveau des explications dont elle ne retint que quelques détails.

Trois secondes plus tard, Lucie se précipitait dans l'escalier où elle aperçut la vieille, à bout de forces, qui atteignait la dernière marche avant le palier

de son appartement. Elle la prit par le bras, lui fit faire demi-tour et l'obligea à rejoindre le rez-de-chaussée.

– Mais, protesta la vieille, je voulais rentrer chez moi.

Lucie exigea :

– Je t'ai aidée dans l'escalier. Tu dois me récompenser.

– Soit ! grinça la vieille, un sourire méchant aux lèvres. Tu pourras prononcer trois vœux…

Et elle disparut dans un nuage d'étoiles sombres.

Lucie demanda une glace à deux boules qu'elle ingurgita sans même prendre le temps de la déguster puis elle passa à son deuxième vœu :

– Je désire une très belle voiture de sport, une vraie !

Elle se retrouva aussitôt au volant de celle-ci et fonça jusqu'à son immeuble pour la montrer à Flavie, dans l'appartement familial.

Comme elle ne pouvait pas franchir une marche avec sa voiture, elle s'arc-bouta au volant et clama :

— Que ma voiture devienne minuscule lorsque je m'apprête à monter les marches de mon immeuble et qu'elle reprenne une taille normale après que je les ai redescendues !

La voiture diminua, rapetissa, devint une jolie miniature dont la conductrice, figée au volant, n'était guère plus haute qu'un demi-morceau de sucre.

Un garçon vint à passer. Il remarqua ce beau jouet, le ramassa et l'emporta chez lui, à l'autre bout de la ville.

Peut-être viendra-t-il un jour avec cette voiture miniature dans l'immeuble des deux sœurs et en descendra-t-il les marches ?

Au volant de sa minuscule voiture, la minuscule Lucie l'espère de tout son cœur.

La bricoleuse d'amitié

Il était une fois une fille qui s'appelait Fanny.

Un jour, son unique amie déménagea pour ne jamais revenir.

Fanny, très peinée, se mit à bricoler, histoire de se changer les idées. Elle bricola tant qu'elle devint une spécialiste du bricolage.

Elle bricola tant qu'elle finit par oublier son ancienne amie.

Elle oublia même l'amitié, la vraie.

Un jour qu'elle cherchait de nouvelles idées de bricolage dans de vieux livres, elle découvrit les plans du féemobile : un balai équipé d'un guidon et d'une selle de vélo.

Elle décida de le construire.

Les travaux terminés, Fanny enfourcha l'engin et dit :

– *Iguanodon, vas-y donc ! Je veux que tu décolles ou tu me désoles.*

Le féemobile décolla et survola trois océans, sept déserts, mille villes.

Soudain, une gigantesque montagne lui barra le passage. Fanny aperçut l'entrée d'une caverne au milieu de la paroi.

Le féemobile s'y engouffra.

Quelques instants plus tard, Fanny débouchait dans une vallée bleue ceinturée de montagnes grises et noires.

Le féemobile se posa dans une clairière ressemblant à toutes les clai-

rières de la Terre, hormis sa couleur :
les arbres qui la ceinturaient étaient
bleus ainsi que l'herbe qui la tapissait.

Fanny essaya de faire repartir
son engin. En vain.

Alors elle l'abandonna et rejoignit un sentier. Comme elle dépassait
un buisson, elle reçut un violent coup
sur le crâne et s'évanouit. Un épais
brouillard lui noyait encore l'esprit
quand elle perçut des voix :

– Les pouvoirs des sorcières sont
plus étendus depuis qu'elles nous ont
volé le Grimoire Sacré et nos baguettes.

– On prendrait vraiment celle-ci
pour une fillette.

– Une chance que Sa Majesté
l'ait neutralisée.

– Le persil est bien placé ?

– Majesté, cette sorcière sait où
est le Grimoire Sacré ?

– Aucun doute.

Fanny ouvrit les yeux, voulut se relever. Impossible. Elle était ligotée. Et on lui avait fourré quelque chose dans le nez, quelque chose qui sentait le persil.

Un groupe de femmes l'entourait. La plupart, en plus d'un chapeau pointu, portaient une robe bleu clair scintillant sous les rayons du soleil. Une seule avait une robe richement décorée et son chapeau s'ornait à la base d'une couronne dorée.

– Qui êtes-vous ? demanda Fanny.

– Nous sommes des fées et toi, une sorcière. Même déguisée, nous t'avons reconnue.

– Bais, je de suis bas ude sorcière !

(Fanny parlait du nez à cause de ce fichu persil.)

– Dis-nous où est le Grimoire Sacré et nous te relâchons.

– Qu'est-ce que c'est que ce bachin ?

– Tu ne veux pas avouer ? Je vais donc te chatouiller sur les principes.

Une fée glissa alors quelques mots à l'oreille de la reine.

Sa Majesté regarda la prisonnière d'un autre œil.

– C'est pourtant vrai ! Tu n'as pas de verrue sur le nez et aucun crapaud n'est encore sorti de ta bouche. Dis-moi quelque chose de gentil. Une vraie sorcière en est incapable.

– Vous bortez ude très belle robe.

La reine gloussa de satisfaction.

Fanny recouvra la liberté et dut expliquer les raisons de sa présence dans la Vallée Bleue. Sitôt fini, elle annonça :

– Bon, au revoir !

– Où vas-tu ? demanda la reine.

– Chez moi !

– Inutile, tu ne pourras pas quitter la Vallée Bleue.

– Mais, je veux rentrer !

– Un seul moyen : que l'une d'entre nous prononce la formule magique adéquate. Hélas, sans nos baguettes…

– Je vais vous en bricoler une.

Fanny se précipita vers un arbre, y coupa une branchette qu'elle tailla. Elle l'offrit à la reine qui s'esclaffa :

– Cette baguette n'aura jamais rien de magique tant que nous n'aurons pas récupéré le Grimoire Sacré que nous ont volé les sorcières en même temps que nos baguettes… Tu peux le retrouver si tu veux.

– Seule ? Je n'y parviendrai jamais. Il faut m'aider.

– Pas question ! Trop dangereux ! Il y a déjà belle lurette que certaines d'entre nous ont essayé. Autrefois, nous étions mille. Aujourd'hui, nous ne sommes plus que douze.

Fanny éclatait en sanglots quand une fée déclara :

– Par la volonté du grand pneu Raplapla, moi, fée Amitia, je veux bien accompagner cette petite.

Et elle prit la baguette de bois vert qu'elle fourra dans sa poche.

Quelques instants plus tard, Fanny se trouvait aux commandes du féemobile, Amitia assise derrière elle.

– Je ne sais pas s'il va décoller.

– Pour voyager dans la Vallée Bleue, il fonctionnera.

Effectivement, le féemobile quitta le sol mais avec beaucoup de peine et éprouva de grosses difficultés pour prendre de la hauteur.

Le vol se déroulait plutôt mal que bien lorsque, soudain, le féemobile redescendit dans une clairière.

– Je suis de trop, constata Amitia en posant pied à terre.

– Non. Le féemobile n'est pas assez fort.

– Continue seule.

– Pas question ! Tu m'es indispensable et même si tu ne l'étais pas, je ne t'abandonnerais pas.

Soudain, Fanny et Amitia perçurent les bribes d'un chant plus faux que le son d'une cloche fêlée.

– Cachons-nous !

Une femme bossue d'une saleté indescriptible arriva bientôt. Ses cheveux grouillaient comme un nid de serpents et son nez crochu se terminait par une énorme verrue poilue. Elle beuglait son abominable chanson. Quantité de crapauds s'échappaient de sa bouche. La femme traînait un balai derrière elle. Une sorcière !

La sorcière aperçut le féemobile. Son chant s'arrêta net. Elle s'approcha et, le regard soupçonneux, détailla l'engin.

Armée d'un gourdin, Amitia avança en silence dans son dos et lui donna un bon coup sur l'occiput. La sorcière s'effondra.

Amitia fouilla ses poches, en retira de la cordelette, attacha les mains de la sorcière puis cueillit deux brins de persil sauvage bleu qu'elle lui fourra dans les narines en expliquant :

– Le persil bleu neutralise les pouvoirs des sorcières.

Elle arracha ensuite un brin d'herbe.

— Maintenant, je vais la chatouiller sur les principes, les poils qui poussent sur la verrue des sorcières. Elles sont très chatouilleuses sur les principes.

La sorcière reprit ses esprits.

— Où est le Grimoire Sacré ?

Amitia passa le brin d'herbe sur la verrue de la sorcière qui grinça d'un rire effrayant. Elle répéta question et geste sans pour autant faire avouer la sorcière.

— Très bien, je continuerai jusqu'à ce que tu meures de rire.

— Don ! Je de veux pas bourrir heureuse ! Jabais je de pourrais rejoindre l'enfer des sorcières. Ba vie deviendrait un paradis pour l'éterdité…

Et elle avoua :

— Partez à la recherche du dragon Flable. Il garde le parchebin avec toutes les indications.

Amitia abattit alors le gourdin sur le crâne de la sorcière qui s'évanouit derechef.

– Partons ! ordonna-t-elle. Tu prends le féemobile, moi, le balai.

Ainsi fut fait.

Fanny distingua bientôt une immense montagne noire dans le lointain.

Amitia fonçait droit dessus.

Elles abandonnèrent balai et féemobile en bas de la pente et continuèrent à pied.

A mesure qu'elle montait, Fanny percevait une odeur de caoutchouc brûlé de plus en plus intense.

– Le dragon Flable n'est pas loin, chuchota Amitia.

Un rugissement retentit et une gigantesque patte la saisit.

Fanny leva la tête, aperçut le dragon. Amitia, prisonnière de ses griffes, se trouvait sous la menace directe des flammes que crachait le monstre.

Alors Fanny chanta :

– Il était une fois un vieux dragon
Qui n'aimait pas les oignons,
Et quand il en épluchait,
Il se mettait à pleurer.

Petite inspiration, elle entonna le refrain :

– Que c'est triste d'être un dragon
Quand on n'aime pas les oignons.
Tralalalère, tralalalon.

Le dragon vomissait déjà moins de flammes et ses yeux commençaient à briller.

– Mais ce pauvre vieux dragon
Travaillait comme mitron
Dans un très grand restaurant
Où venaient beaucoup de gens.

Quelques larmes coulèrent sur les joues du monstre et s'évaporèrent au contact de son museau surchauffé.

– Ils demandaient au vieux dragon
Beaucoup de soupe à l'oignon
Et le dragon épluchait
Sur ses joues, les larmes coulaient.

Le dragon pleurait à chaudes larmes maintenant. Fanny reprit plusieurs fois le refrain avant qu'il s'effondrât. Les larmes ruisselèrent en cascade, éteignirent le feu de sa gorge. Il lâcha sa proie.

Amitia se précipita vers un buisson de ronces, en arracha un rameau épineux avec lequel elle piqua un pied du dragon.

Un sifflement aigu déchira l'air et le dragon Flable s'envola comme un ballon de baudruche recouvrant la liberté.

Elles découvrirent le parchemin

peu après, dans la caverne du dragon, et y lurent ce poème :

Souvent l'on parle du château,
Oh ce qu'il y fait chaud.
Retrouve la hutte abîme,
C'est là qu'il faut entrer.
Il y aura le prince marchand
Et il dira comment
Retrouver le profond sommeil,
Embrasser la merveille.

Quelques minutes plus tard, elles arrivèrent à proximité d'une cabane, dans le cratère d'un volcan. Amitia heurta le battant de bois vermoulu puis entra, suivie de Fanny.

Derrière un comptoir crasseux se tenait un homme au visage mal rasé et parcouru de rides profondes, vêtu d'un costume aux couleurs délavées, maculé de taches, rongé aux mites.

Le prince marchand les entraîna

au fond de sa cabane et leur montra un poney couché sur le flanc.

– Allongez-vous, la tête sur le ventre du poney puis fermez les yeux. Pour entrer dans le château, vous prononcerez cette formule

Par la grande Mongole fière,
Je veux aller voir derrière
S'il y a des sorcières.
Gagnepetimarilonlère.

Et le prince marchand commença à compter.

***

– Où sommes-nous ? demanda Amitia en ouvrant les yeux.

– A proximité du château des maléfices.

C'était le poney. L'animal avançait sur un sentier tortueux, entre les

95

arbres bleus. Soudain, il s'arrêta.

– Vous êtes arrivées, annonça-t-il. Le château est après ce tournant.

Fanny et Amitia descendirent. Le poney s'évapora. Fanny poursuivait déjà son chemin lorsque Amitia l'invita à rejoindre le sous-bois touffu.

Elles n'eurent pas à attendre longtemps. Le poney revint bientôt, chargé de leur ancienne victime, la sorcière maintenant sans balai. Il s'arrêta au même endroit et invita sa cavalière à descendre.

La sorcière prit le sentier, maugréant et crachant force crapauds.

Amitia l'estourbit à nouveau. Elles se partagèrent ses hardes, les enfilèrent, graissèrent leurs cheveux d'eau croupie, achevèrent leur déguisement en se collant une boule de terre visqueuse sur le nez, en guise de verrue.

Quelques instants plus tard, Amitia et Fanny se présentaient devant le château. Une odeur nauséabonde alourdissait l'air.

Amitia se campa devant le pont-levis et déclama la formule magique. Elle entra, suivie de Fanny.

La cour intérieure grouillait de sorcières jacassant avec vivacité. Des crapauds tombaient en quantité sur le sol. De temps en temps, l'une d'elles éructait une formule et les crapauds disparaissaient en fumée, renforçant ainsi la puanteur de l'air.

Amitia et Fanny traversèrent la cour en direction de la seule porte visible, débouchèrent dans une vaste salle où les sorcières étaient encore plus nombreuses.

Il régnait là un silence religieux qu'un ronflement sonore interrompait à intervalles réguliers. Au fond de la salle, sur une estrade, se dressait un trône fait de serpents enlacés.

Une sorcière coiffée d'une couronne fumante se vautrait dessus.

Elle dormait, un énorme livre devant elle, sur un pupitre. Les autres sorcières, à la queue leu leu, venaient embrasser le manuscrit.

Amitia prit place dans la file et progressa lentement.

Lorsque vint son tour, elle s'empara du Grimoire d'une main, sortit la baguette de bois vert de sa poche de l'autre et clama :

– Par le Grimoire Sacré,
Que les sorcières d'ici
Soient transformées
En moutons et brebis.

Une gerbe d'étoiles jaillit de la baguette et les bêlements d'un troupeau remplacèrent les ronflements de la reine.

Amitia et Fanny sortirent alors en toute tranquillité, les poches bourrées de baguettes magiques. Le poney les attendait.

***

A leur réveil, elles étaient allongées près de la cabane maintenant redevenue château.

Le prince avait rajeuni de plusieurs dizaines d'années. Son visage resplendissait et son costume étincelait sous les rayons du soleil. Il enfourcha le poney qui se transforma aussitôt en destrier à la robe immaculée.

– Je vais réveiller la Belle au Bois Dormant. Merci !

Et il disparut.

Fanny comprit que l'aventure tou-

chait à sa fin. Elle perçut alors ce sentiment oublié : l'amitié. Elle dit :

– Je dois retourner chez moi, tu m'accompagnes ?

– J'aimerais, mais la Vallée Bleue a besoin de moi.

– En te quittant, je perds mon amie. Alors…

– Alors garde le féemobile pour revenir me voir autant que tu le désireras… Tu es prête ?

– Oui !

– *Hibou bleu,*
Ferme les yeux,
Hibou blanc,
Reviens comme avant.

Et Fanny, à cheval sur le féemobile, regagna sa maison le cœur léger. Elle n'avait plus besoin de bricoler.

Le vase brisé

Il était une fois une fille prénommée Elisa.

Elisa habitait seule un appartement, au treizième étage de la tour Z. La solitude lui pesait.

Dans l'appartement voisin vivait un couple qui passait son temps à se disputer.

Elisa participait contre son gré à la moindre de leurs altercations à cause de la faible épaisseur des murs. Comme elle n'y pouvait rien, elle prenait son mal en patience et partait se promener lorsque cela devenait trop pénible.

Un jour qu'elle quittait son appartement et se trouvait encore sur le palier pendant une dispute de ses voisins, elle reçut un coup sur le crâne et s'évanouit. Quand elle recouvra ses esprits, elle était assise à une table de cuisine et reconnut ses voisins penchés au dessus d'elle.

L'homme lui dit :

– Le moindre détail de la vie quotidienne est prétexte à dispute chez nous. Nous ne nous entendons bien que lorsque nous gardons le lit. Dorénavant, tu feras tout à notre place et nous resterons couchés. Grâce à toi, nous serons enfin heureux.

– Mais, je ne veux pas, protesta Elisa.

– Aucune importance, rétorqua la femme. Nous sommes sorciers et t'avons jeté un sort. Tu nous obéiras.

Elisa commença donc une nouvelle vie.

Elle faisait les courses et la cuisine, lavait le linge et la vaisselle, balayait et serpillait l'appartement.

Cela ne lui plaisait pas du tout mais le sort se montrait efficace et elle ne parvenait pas à lui résister.

Pourtant, le sorcier et la sorcière ne faisaient pas preuve de méchanceté et, peu à peu, Elisa commença à éprouver une certaine sympathie à leur égard. Trois détails la gênaient cependant :

– au fond de leur lit, bien qu'ils parussent d'excellente humeur, ils passaient leur temps à crier comme des sourds,

– plissant toujours les yeux, ils semblaient voir très mal,

– leurs voix horriblement éraillées étaient plus blessantes que le bruit d'un ongle sur une vitre.

Un jour, la sorcière ordonna :

– Elisa, achète-nous une douzaine de Coton-Tige.

Elisa partit aussitôt.

En chemin, elle aperçut un chien lancé à la poursuite d'un chat. Le félin se réfugia dans les branches d'un platane où son poursuivant l'assiégea.

Elisa ne supportait pas la souffrance des autres aussi s'évertua-t-elle à chasser le chien pour libérer le chat.

Sitôt à terre, le chat se transforma en fée et lui dit :

– Reconstitue le vase brisé et tes malheurs seront terminés.

Du bout de sa baguette, elle indiqua un papier qui traînait sur la pelouse puis disparut dans un nuage étoilé.

Elisa ramassa le papier et lut :
Le vase né des trois éléments réunit
les cœurs séparés par les ans.
Trois morceaux constituent
donc ce vase.
Le premier du concierge
est la casquette.
Le deuxième se cache
au gymnase.
Et le troisième marche
à la baguette.

Elisa jetait le papier quand elle entendit dans son dos :

– Pousse-toi ! Je sors les poubelles.

C'était le concierge.

Elisa l'observa. Il avait bien une casquette mais celle-ci ne ressemblait

107

en rien à un morceau de vase brisé.

Elle demanda quand même :

– Donnez-moi votre casquette, s'il vous plaît.

Comme son visage se durcissait, le concierge gronda :

– Te donner ma casquette ? Certainement pas !

Et il tourna les talons, regagna les caves.

Elisa n'attendit pas son retour et rejoignit le magasin pour y acheter les Coton-Tige.

A peine sortie, alors qu'elle vérifiait sa monnaie sur le trottoir, elle entendit :

– Pousse-toi ! Je sors les poubelles.

C'était encore le concierge. Elisa lui redemanda sa casquette sans même réfléchir à ce qu'elle faisait.

Le visage sombre, le concierge refusa de nouveau avant de regagner les caves.

Juste comme Elisa arrivait au pied de son immeuble, un coup de vent lui arracha son sac des mains et les Coton-Tige roulèrent à terre.

Elle venait de ramasser le douzième lorsqu'elle entendit :

— Pousse-toi ! Je sors les poubelles.

C'était toujours le concierge. Elisa lui demanda sa casquette pour la troisième fois. Comme son visage s'éclairait, le concierge dit :

— Certainement !

Et il offrit sa casquette. Elisa s'en saisit.

A peine l'avait-elle prise qu'elle se retrouvait assise à la table de cuisine des sorciers.

La casquette avait disparu de ses mains et, à la place, Elisa tenait un bloc d'eau ayant la consistance d'un morceau de gelée et ne coulant pas davantage.

Soudain, le sorcier exigea depuis la chambre :

– Elisa ! Apporte-nous les Coton-Tige.

Elisa abandonna le morceau d'eau sur la table et porta les Coton-Tige. Le sorcier et la sorcière, les yeux toujours plissés, les utilisèrent.

Cela fait, ils se parlèrent, la voix toujours aussi éraillée mais sans crier.

Elisa apprécia ce changement et trouva l'homme et la femme encore plus sympathiques.

Alors, la sorcière ordonna :

– Elisa ! Procure-nous sept ampoules électriques.

Elisa partit sans attendre, gagna le magasin où elle entra.

Sitôt la porte passée, elle s'arrêta.

Elle se trouvait dans un gymnase, pas dans un magasin d'électricité, et ressortit en riant de sa distraction.

Elle fit le tour du bloc d'immeubles dans le sens inverse des aiguilles d'une montre et arriva devant un nouveau magasin d'électricité où elle entra.

Sitôt la porte passée, elle se retrouva dans un gymnase et ressortit en riant vraiment de sa distraction.

Une fois dehors, Elisa fit le tour du bloc d'immeubles dans le sens des aiguilles d'une montre et arriva devant un troisième magasin d'électricité où elle entra.

A nouveau dans un gymnase, elle

s'apprêtait à ressortir en riant vraiment beaucoup de sa distraction lorsqu'on lui lança un ballon de basket qu'elle attrapa par réflexe.

Des clameurs s'élevèrent :

– Tire, Elisa ! Tire !

Elle ne voyait personne.

Pourtant, les clameurs peuplaient le gymnase.

– Tire, Elisa ! Tire !

Elisa restait figée. Tirer ! Elle voulait bien tirer ! Mais où ?

Un panneau de basket se campa devant elle, le panier brillant, comme cerclé de lumière. Son filet resplendissait davantage que des guirlandes de Noël.

Elisa eut envie d'y lancer son ballon mais se rappela être maladroite. Les clameurs redoublèrent.

– Tire, Elisa ! Tire !

Après une dernière hésitation, Elisa lança le ballon, qui traversa le filet.

Un immense éclair jaillit et la projeta en arrière. Elle s'évanouit.

A son réveil, Elisa était assise à la table de cuisine des sorciers.

Une petite flamme brûlait, entourée de sept ampoules électriques, à côté du bloc d'eau ramené précédemment.

Fascinée par l'éclat de la flamme, Elisa entendit à peine le sorcier exiger :

– Elisa ! Apporte-nous les ampoules.

Elle s'exécuta pourtant. Le sorcier et la sorcière disposèrent les ampoules autour d'eux et une lumière fantastique, immensément lumineuse sans pour autant être aveuglante, envahit la pièce.

Ils cessèrent de plisser les yeux, leurs visages se déridèrent. Pour la première fois, Elisa les trouva beaux.

Alors la sorcière ordonna :

– Elisa ! Vas nous acheter un pot de miel.

Arrivée dans la rue, Elisa remarqua que chaque immeuble était devenu une ruche. Une foule bourdonnante peuplait maintenant la cité.

Elisa se dirigea vers un premier bâtiment.

Elle s'apprêtait à y entrer lorsqu'une énorme abeille lui barra le passage.

– Halte ! On ne passe pas !

– Je voudrais vous acheter un pot de miel.

– Notre miel n'est pas à vendre. Passe ton chemin ou je t'inocule mon venin.

Elisa frémit et passa son chemin.

Elle se rendit devant un second immeuble où elle reçut le même accueil, puis devant un troisième, un quatrième, un cinquième, un sixième sans obtenir davantage de succès.

Elle s'apprêtait à gagner un septième bâtiment lorsqu'elle aperçut une immense troupe d'abeilles parfaitement ordonnées qui avançaient au rythme d'une reine armée d'une baguette de chef d'orchestre.

Les abeilles scandaient une chanson :

Une, deux,
Nous sommes dix mille abeilles.
Notre miel est sans pareil.
Une, deux,
Qui le goûte parle mieux
Et atteint les plus hauts cieux.

Elisa emboîta le pas à la dernière

abeille, entra dans la plus grande ruche de la cité.

Sitôt la porte passée, la colonne se divisa en deux rangées.

Les abeilles, les ailes étendues au dessus de la tête formèrent une haie d'honneur.

Elisa aperçut la reine au bout de l'immense tunnel, assise sur un trône jaune miel.

Sa Majesté lui dit d'avancer.

Elisa s'engagea dans le passage. Une musique douce accompagna sa marche jusqu'au trône.

La reine tendit un pot de miel. Elisa paya, le saisit... et se retrouva de nouveau assise à la table de cuisine.

Elle tenait le pot de miel, à côté du bloc d'eau et de la flamme, lorsque le sorcier exigea :

– Elisa ! Apporte-nous le miel.

Elisa obéit mais, comme elle se levait, le pot de miel se transforma en tas de terre.

Le sorcier renouvela son ordre.

Elisa sentit la panique monter en elle.

Le sorcier lança à nouveau son ordre.

Elisa fixa le tas de terre, aperçut deux gouttes dorées dessus.

Elle se pencha, reconnut des restes de miel qu'elle prit du bout des doigts. Elle gagna enfin la chambre.

La sorcière lui adressa un sourire.

– Donne une goutte de miel !

Le sorcier agit de même.

L'une et l'autre portèrent la goutte de miel à leur bouche et la savourèrent comme ils auraient savouré le plus délicieux des mets puis, ensemble, ils dirent d'une voix douce :

– Nous entendons bien. Nous voyons bien. Nous parlons bien. Elisa, rapporte-nous ce qu'il y a sur la table de cuisine.

Elisa rejoignit la cuisine mais fut embarrassée lorsqu'il s'agit d'obéir. Elle ne parvenait pas à placer le bloc d'eau, la flamme et le tas de terre dans ses mains.

Alors, elle encercla le tout de ses bras et, serrant très fort, bondit dans la chambre. Lorsqu'elle y arriva, elle étreignait un vase d'or.

Le sorcier et la sorcière se levèrent à la vue du précieux récipient et déclarèrent, un immense sourire aux lèvres :

– Le sort qui nous accablait est brisé. Nous sommes redevenus le magicien et la fée que nous étions auparavant. Tu es libre, Elisa.

Mais Elisa refusa de les quitter. Dès lors, elle vécut avec eux de son plein gré. Elle les aima chaque jour un peu plus et finit même par les appeler Papa et Maman.

Imprimé en France par

La Flèche (Sarthe), le 21-01-2010
55950 - Dépôt légal : septembre 2008